海底小纵队™ 探险记

英国 Vampire Squid Productions 有限公司 / 著绘　海豚传媒 / 编译

海胆入侵

长江出版传媒 | 长江少年儿童出版社

图书在版编目（CIP）数据

海胆入侵 / 英国 Vampire Squid Productions 有限公司著绘；海豚传媒编译. -- 武汉：长江少年儿童出版社，2017.3
（海底小纵队探险记）
ISBN 978-7-5560-5548-7

Ⅰ.①海… Ⅱ.①英…②海… Ⅲ.①儿童故事—图画故事—英国—现代 Ⅳ.① I561.85

中国版本图书馆 CIP 数据核字 (2016) 第 267465 号
著作权合同登记号：图字 17-2015-212

海胆入侵

英国 Vampire Squid Productions 有限公司 / 著绘
海豚传媒 / 编译
责任编辑／傅一新　佟一　王琦
装帧设计／陈惠豪　美术编辑／刘菲
出版发行／长江少年儿童出版社
经　销／全国新华书店
印　刷／深圳当纳利印刷有限公司
开　本／889×1194　1 / 20　5印张
版　次／2017年6月第1版第3次印刷
书　号／ISBN 978-7-5560-5548-7
定　价／16.80元

策　划／海豚传媒股份有限公司（17061039）
网　址／www.dolphinmedia.cn　　邮　箱／dolphinmedia@vip.163.com
阅读咨询热线／027-87391723　　销售热线／027-87396822
海豚传媒常年法律顾问／湖北珞珈律师事务所　王清　027-68754966-227

本故事由英国Vampire Squid Productions 有限公司出品的动画节目所衍生，OCTONAUTS动画由Meomi公司的原创故事改编。
中国版权运营／北京万方幸星数码科技有限公司 授权热线：（北京）010-64381191

生命因探索而精彩

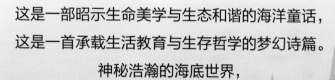

这是一部昭示生命美学与生态和谐的海洋童话，

这是一首承载生活教育与生存哲学的梦幻诗篇。

神秘浩瀚的海底世界，

能让孩子窥见物种诞生和四季交替，感受大自然生生不息的美感与力度；

引导他们关爱生命，关注生态平衡与绿色环保的重大现实。

惊险刺激的探险旅途，

能让孩子在因缘际会中，感知生活的缤纷底色与不可预知的精彩；

引领他们构建自我知识与品格系统，充盈成长的内驱力。

每一次完美的出发，

都是对生命的勇敢探索，更是对生活的热情礼赞！

人物档案

巴克队长

Captain Barnacles

巴克是一只北极熊，他是读解地图和图表的专家，探索未知海域和发现未知海洋生物是他保持旺盛精力的法宝。他勇敢、沉着、冷静，是小纵队引以为傲、值得信赖的队长，他的果敢决策激励着每一位成员。

呱唧

Kwazii

呱唧是一只冲动的橘色小猫，有过一段神秘的海盗生涯。他性格豪放，常常会讲起自己曾经的海盗经历。呱唧热爱探险，将探险家精神展现得淋漓尽致。虽然他是只猫咪，但他从不吃鱼哟！

皮医生

Peso

皮医生是一只可爱的企鹅。他是小纵队的医生，如果有人受伤，需要救治，他会全力以赴。他的勇气来自一颗关爱别人的心，无论是大型海洋动物还是小小浮游生物，都很喜欢皮医生。

谢灵通

Shellington

谢灵通是一只海獭，随身携带着一个用来观察生物的放大镜。他博学多识，无所不知，常常能发现队友们所忽略的关键细节。不过，他有时候容易分心，常常被新鲜事物所吸引。

达西西

Dashi

达西西是一只腊肠狗，她是小纵队的官方摄影师。她拍摄的影像是海底小纵队资料库中必不可少的一部分，而且还纳入了章鱼堡电脑系统的档案中。

突突兔

Tweak

突突兔是小纵队的机械工程师，负责维护和保养小纵队所有的交通工具。为了小纵队的某项特殊任务，突突兔还要对部分机械进行改造。她还热衷于发明一些新奇的东西，这些发明有时能派上大用场。

小萝卜

Tunip

小萝卜和其他六只植物鱼是小纵队的厨师，负责小纵队全体成员的饮食等家政服务，还管理着章鱼堡的花园。植物鱼们有自己独特的语言，这种语言只有谢灵通才能听得懂。

章教授

Professor Inkling

章教授是一只小飞象章鱼，左眼戴着单片眼镜，很爱读书，见多识广。当队员们出去执行任务的时候，他会待在基地负责联络工作。

目录 CONTENTS

海底小纵队与胆小的抹香鲸

皮医生正在给一只寄居蟹检查身体。寄居蟹觉得他的壳有点疼，皮医生听后从医药箱里拿出一个仪器，对着寄居蟹全身扫描起来。看到寄居蟹有点紧张，皮医生便安慰道："别紧张，这是X光检测仪，我来看看你的壳有没有受伤。"扫描结果显示他的壳里有一个异物。

于是，皮医生请巴克队长将寄居蟹轻轻抱起来，然后迅速拍了一下他的外壳，一颗小石头掉了出来，寄居蟹顿时觉得舒服多了。

正在这时，皮医生听到不远处传来痛苦的叫喊声，他连忙拎起医药箱，循声找过去。原来是一只小抹香鲸，皮医生缓缓地靠近他，温柔地说："你好，你还好吗？我叫……"可小抹香鲸似乎很害怕，他看到皮医生后立刻大叫起来："啊，不要伤害我！"

"别害怕，我是来帮助你的。"皮医生想解释，但小抹香鲸似乎被激怒了，他露出牙齿，向皮医生逼近。巴克队长和呱唧听到动静，连忙赶过来了。

11

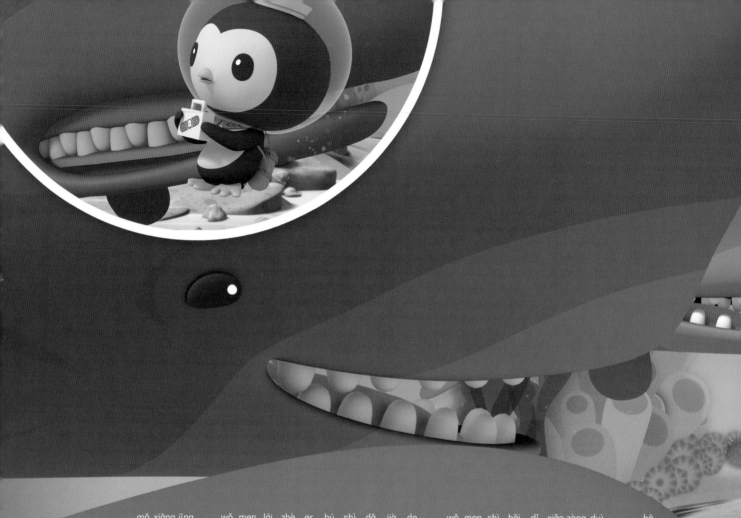

mǒ xiāng jīng　　　　wǒ men lái zhè er bú shì dǎ jià de　　wǒ men shì hǎi dǐ xiǎo zòng duì　　bā
"抹香鲸，我们来这儿不是打架的，我们是海底小纵队。"巴

kè duì zhǎng gāng shuō wán　　sì zhōu tū rán chū xiàn le hǎo jǐ tóu mǒ xiāng jīng　　duì zhǎng jiàn zhuàng　lì
克队长刚说完，四周突然出现了好几头抹香鲸。队长见状，立

kè qǐ dòng zhāng yú jǐng bào　　mìng lìng hǎi dǐ xiǎo zòng duì qí tā chéng yuán lì kè qián wǎng jī　dì zǒng bù
刻启动章鱼警报，命令海底小纵队其他成员立刻前往基地总部。

　　　　wǒ men xiàn zài bèi yì qún fèn nù de mǒ xiāng jīng wéi zhù le　　wǒ men děi gǎo qīng chu tā men
"我们现在被一群愤怒的抹香鲸围住了，我们得搞清楚他们

de lái tou　　duì zhǎng shuō zhe jiāng zhāng yú luó pán duì zhǔn zhōu wéi de mǒ xiāng jīng
的来头。"队长说着将章鱼罗盘对准周围的抹香鲸。

mǒ xiāng jīng bù yǎo rén　　yě bú yòng yá chǐ chī dōng xi
"抹香鲸不咬人，也不用牙齿吃东西。

tā men lù chū yá chǐ zhǐ shì xiǎng bǎo hù yòu zǎi　　xiè líng tōng kàn
他们露出牙齿只是想保护幼崽。"谢灵通看

dào hòu gào su dà jiā　　dàn zhāng jiào shòu hái shi tí xǐng tā men
到后告诉大家。但章教授还是提醒他们：

mǒ xiāng jīng bèi bī jí le yě huì yǎo rén de
"抹香鲸被逼急了也会咬人的。"

这时，那只小抹香鲸游了过来，他看到皮医生后紧张地
叫道："虎鲸！"其他抹香鲸听到后都吓得
四处张望。原来抹香鲸害怕虎
鲸，可是这儿并没有虎
鲸啊。

队长突然想到了什么，他连忙调出一张虎鲸的照片，指给大家看，说："我想这可能是个误会，虽然皮医生也是黑白相间的，但他是一只企鹅。"

"小蒙，你把他当成虎鲸啦？"一只大抹香鲸问那只小抹香鲸。

"他黑白相间，很像虎鲸。"小蒙不好意思地说道。

15

qí tā mǒ xiāng jīng tīng hòu dōu hā hā dà xiào qi lai yīn wèi zài tā men yǎn li pí yī shēng cái

其他抹香鲸听后都哈哈大笑起来，因为在他们眼里，皮医生才

mǐ lì er dà

米粒儿大。

xiǎo méng zhè cì hé wǒ men yì qǐ xià qián ma yì zhī mǒ xiāng jīng wèn dào xiǎo méng lián

"小蒙，这次和我们一起下潜吗？"一只抹香鲸问道。小蒙连

lián yáo tóu bù kěn qù nà zhī mǒ xiāng jīng zhǐ dé gēn suí dà bù duì yì qǐ qù xià qián le

连摇头，不肯去，那只抹香鲸只得跟随大部队一起去下潜了。

mǒ xiāng jīng dōu yào qián dào hǎi yáng shēn chù qù xún zhǎo shí wù

抹香鲸都要潜到海洋深处去寻找食物。

16

wǒ yì zhí dōu méi xué huì shuǐ shí zài tài shēn le xiǎo méng shuō zhe chuí xià le nǎo dai

"我一直都没学会，水实在太深了！"小蒙说着垂下了脑袋。

duì yòu shēn yòu hēi yòu kě pà guā jī gào su xiǎo méng dàn nǐ kě yǐ bǎ tā kàn chéng

"对，又深又黑又可怕！"呱唧告诉小蒙，"但你可以把它看成

yí cì mào xiǎn huǒ ji tā běn xiǎng gǔ lì yí xià tā méi xiǎng dào xiǎo méng què bèi xià de yì kǒu

一次冒险，伙计！"他本想鼓励一下他，没想到小蒙却被吓得一口

qì yóu dào le shuǐ miànshang bā kè duì zhǎng yě dài zhe guā jī hé pí yī shēng lái dào le shuǐ miànshang

气游到了水面上。巴克队长也带着呱唧和皮医生来到了水面上。

17

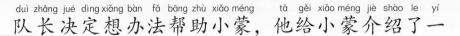

duì zhǎng jué dìng xiǎng bàn fǎ bāng zhù xiǎo méng　tā gěi xiǎo méng jiè shào le yí

队长决定想办法帮助小蒙，他给小蒙介绍了一

wèi fēi cháng lì hai de qián shuǐ guàn jūn　pí yī shēng

位非常厉害的潜水冠军——皮医生。

nǐ zhēn de kě yǐ jiāo wǒ ma　xiǎo méng xǐ chū wàng wài　tā yòng qī

"你真的可以教我吗？"小蒙喜出望外，他用期

dài de yǎn shén wàng zhe pí yī shēng shuō dào

待的眼神望着皮医生说道。

wèi shén me bù néng ne　nán

"为什么不能呢？难

dào nǐ rèn wéi wǒ shì hǔ jīng ma

道你认为我是虎鲸吗？"

pí yī shēng kāi le gè wán xiào　xiǎo

皮医生开了个玩笑。小

méng xiào zhe yáo le yáo tóu

蒙笑着摇了摇头。

18

于是，皮医生带着小蒙向峡谷深处潜下去，巴克队长和呱唧拿着章鱼罗盘，负责监控深度。一开始，小蒙潜得非常顺利，可没往下潜多久，小蒙就打起了退堂鼓，扭头往上游。

19

pí yī shēng bìng méi yǒu qì něi　　　　 tā jué dìng shì shi dì èr zhǒng fāng fǎ
皮医生并没有气馁，他决定试试第二种方法。

zán men dào zhe shì shi　　 zhè yàng jiù kàn bú dào hēi àn de shuǐ dǐ le　　　 pí yī shēng shuō wán jiù
"咱们倒着试试，这样就看不到黑暗的水底了。"皮医生说完就

dài zhe xiǎo méng zhuǎn guò shēn　　 dào zhe wǎng xià qián
带着小蒙转过身，倒着往下潜。

wǒ néng xíng　　 wǒ yí dìng néng xíng　　 xiǎo méng yì biān xià qián　　　 yì biān gǔ lì zì jǐ　　 gēn jù
"我能行，我一定能行！"小蒙一边下潜，一边鼓励自己。根据

zhāng yú luó pán shang de xiǎn shì　　 xiǎo méng zhè cì xià qián de shēn dù bǐ zhī qián zēng jiā le yì xiē
章鱼罗盘上的显示，小蒙这次下潜的深度比之前增加了一些。

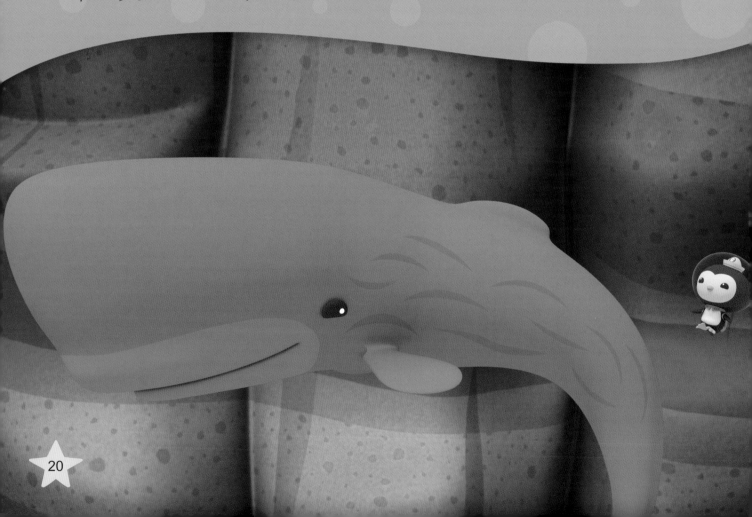

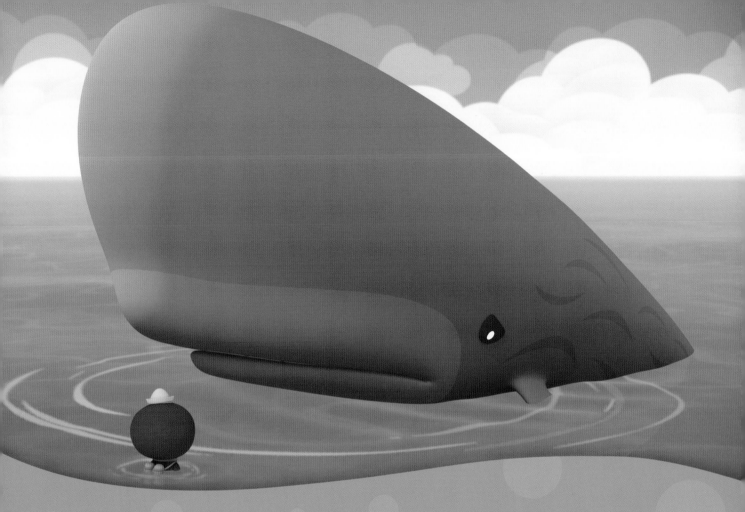

这时，只听小蒙大叫一声："我还是不行！"他又游到了水面上。

看来教会小蒙潜水还需要点时间，队长决定和呱唧先回章鱼堡一趟。巴克队长嘱咐皮医生，有事就通过无线电联系他，说完他们就离开了。皮医生不希望小蒙放弃尝试，他开始回忆自己学潜水时有什么好办法。

　　"有了！潜水之前，我会深吸
一口气，再紧紧地闭上眼睛。"皮医生
说完后深吸了一口气，闭上眼睛钻进了水
里。小蒙学着皮医生的样子也潜了下去。

　　下潜了一段距离后，皮医生开心地夸奖
道："你瞧，你能行的！"但他没注意到身后
的礁石上有一只张开的蛤蜊。

　　"是的，我能行！我……"小蒙说着睁
开了眼睛，他看到那只蛤蜊，吓得叫出声来。

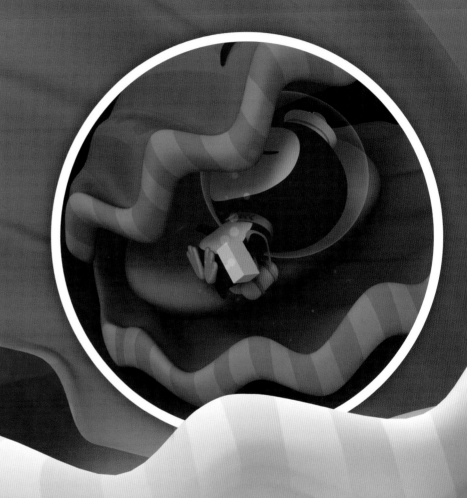

pí yī shēng lián máng zhuǎn shēn qù kàn　　dàn shì yǐ jīng lái bu jí
皮医生连忙转身去看，但是已经来不及

le　　xià yì miǎo tā jiù luò rù le nà zhī gé lí de ké li
了，下一秒他就落入了那只蛤蜊的壳里。

砰的一声，蛤蜊的壳立刻合上了。皮医生在里面挣扎了一下，没想到他一动，蛤蜊从礁石上掉落下来，直直地落入幽暗的峡谷里了。

小蒙吓坏了，他想鼓起勇气，潜下去找皮医生，可他还是退缩了，懊恼地回到了水面上。

小蒙正着急，这时，他遇到了前来寻找他们的巴克队长和呱唧，于是焦急地说："救命啊！皮医生……被一个超级无敌大蛤蜊……带到海底去了！"他带着巴克队长和呱唧游向皮医生刚刚掉下去的地方。

队长了解情况后，询问小蒙是否可以帮助他们，小蒙朝下看了看，摇摇头拒绝了。

bā kè duì zhǎng hé guā jī zhǐ hǎo
巴克队长和呱唧只好

ná zhe shǒu diàn tǒng chū fā le　　tā men
拿着手电筒出发了。他们

zài yí kuài jiāo shí shang zhǎo dào le pí yī
在一块礁石上找到了皮医

shēng de yī yào xiāng　　yú shì jiù yán zhe
生的医药箱，于是就沿着

zhè ge fāng xiàng yí lù xià qián
这个方向一路下潜。

kàn　　gé lí zài zhè er　　qián dào
"看，蛤蜊在这儿！"潜到

hǎi dǐ hòu　guā jī fā xiàn le yì zhī gé lí
海底后，呱唧发现了一只蛤蜊，

xīng fèn de hǎn dào
兴奋地喊道。

bā kè duì zhǎng huán shì sì zhōu　　bú tài
巴克队长环视四周，不太

què dìng de wèn dào　　nǐ shuō de shì nà yí dà
确定地问道："你说的是那一大

duī ba　　guā jī zhè cái fā xiàn yuán lái hǎi
堆吧？"呱唧这才发现原来海

dǐ yǒu bù shǎo gé lí　　tā gāng gāng kàn dào de
底有不少蛤蜊，他刚刚看到的

zhǐ shì lí tā zuì jìn nà zhī
只是离他最近那只。

kàn lái tā men zhǐ néng āi gè er zhǎo le
看来他们只能挨个儿找了，

guā jī duì zhe yì zhī zhī gé lí hū hǎn pí yī
呱唧对着一只只蛤蜊呼喊皮医

shēng de míng zi
生的名字。

27

“试试 X 光检测仪！”巴克队长灵光一闪，

连忙打开皮医生的医药箱，取出 X 光检测仪。

“蛤蜊，蛤蜊，又一只蛤蜊！”

呱唧不放过任何一只蛤蜊，

耐心地扫描着。

“蛤蜊！蛤蜊！皮医

生！”呱唧终于找到装着

皮医生的那只蛤蜊了。

“呱唧！”皮医生也听到了

外面的声音，连忙叫道。

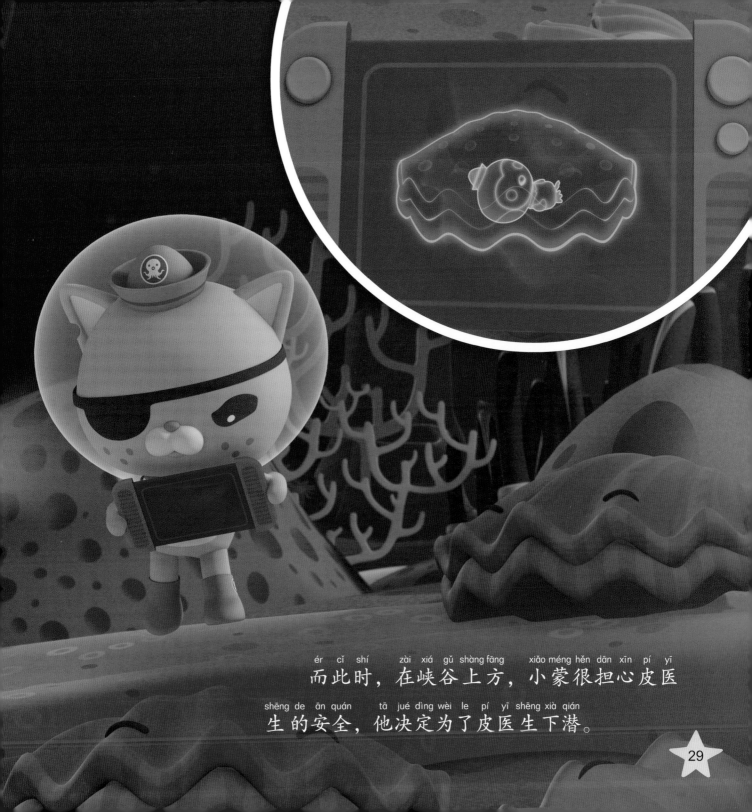

ér cǐ shí zài xiá gǔ shàng fāng xiǎo méng hěn dān xīn pí yī
而此时，在峡谷上方，小蒙很担心皮医

shēng de ān quán tā jué dìng wèi le pí yī shēng xià qián
生的安全，他决定为了皮医生下潜。

呱唧试着把蛤蜊掰开，可是无济于事，他还不小心跌倒在一只蛤蜊上面。幸亏队长眼疾手快，一把将他拉了起来，呱唧刚一站起身，那只蛤蜊的壳就合上了，真是太险了！他们决定还是先把这只蛤蜊抬上去。可是这只大蛤蜊太重了，队长和呱唧觉得非常吃力，游得很慢。

正在这时，只听上方传来小蒙激动的声音："我做到了，我潜下来了！"原来小蒙还是挑战自己，潜到海底来帮助他们啦！

"我就知道你能行，小蒙！"蛤蜊里面的皮医生为他感到高兴。

小蒙带着大蛤蜊游到了峡谷上方。在海底觅食的其他抹香鲸看到小蒙，也和他一起游了上来，队长和呱唧紧随其后。打开蛤蜊这件事可难不倒海底小纵队，只见呱唧摘下一根水草，做好了准备。

"听我的指令，挠、拉、跳！"

巴克队长一声令下，呱唧先将水草伸进蛤蜊中间的缝隙里，轻轻地抽动着，蛤蜊痒得笑出声来。

"就这样，现在——拉！"看到张开的缝隙越来越大，巴克队长一鼓作气，掰开了蛤蜊。

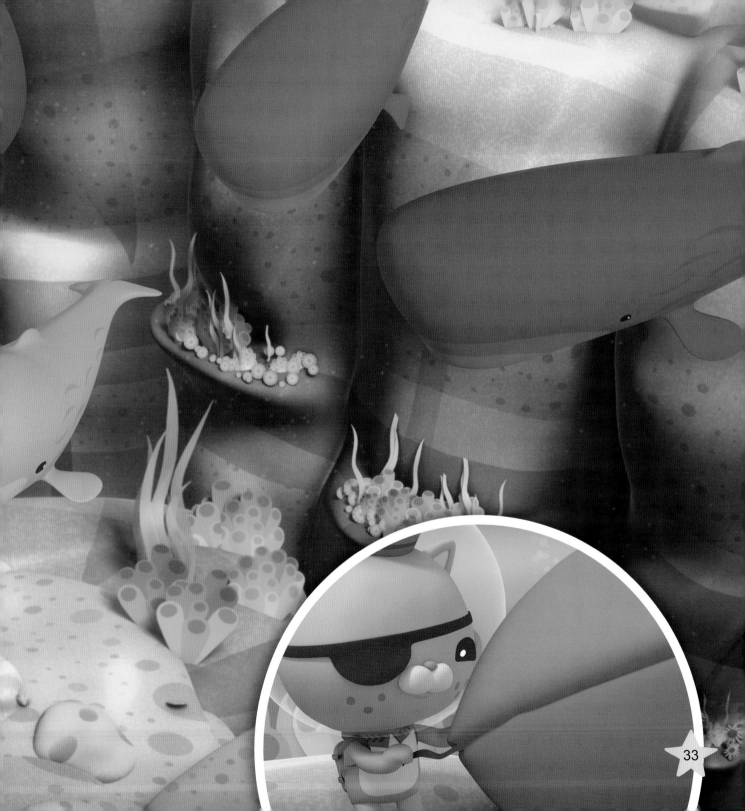

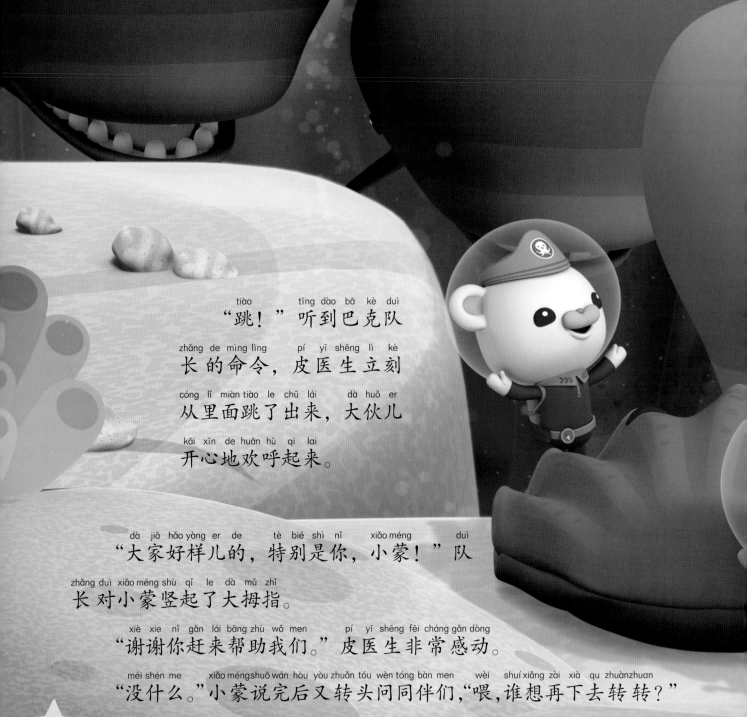

"跳！"听到巴克队
长的命令，皮医生立刻
从里面跳了出来，大伙儿
开心地欢呼起来。

"大家好样儿的，特别是你，小蒙！"队
长对小蒙竖起了大拇指。

"谢谢你赶来帮助我们。"皮医生非常感动。

"没什么。"小蒙说完后又转头问同伴们，"喂，谁想再下去转转？"

bā kè duì zhǎng tí yì yīng gāi bǎ zhè ge dà
巴克队长提议应该把这个大

gé lí sòng huí hǎi dǐ xiǎo méng tóu yí gè bào míng
蛤蜊送回海底，小蒙头一个报名，

tā diāo qǐ dà gé lí xiàng hǎi dǐ shēn chù yóu qù
他叼起大蛤蜊，向海底深处游去。

35

欢迎进入本期海底报告，这次我们要介绍的是**抹香鲸**！

抹香鲸们深海潜

寻找美食来饱餐

需要呼吸去水面

发起飙来威风显

头大尾巴也不小

遇上大虎鲸，吓得赶紧逃

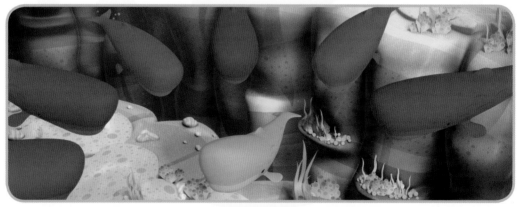

海底小纵队与海胆入侵

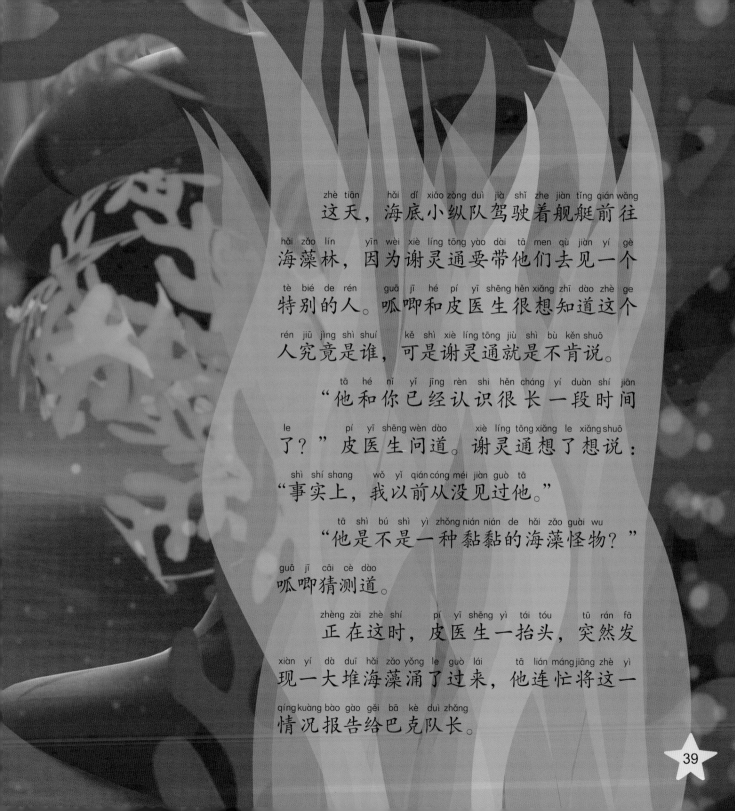

这天，海底小纵队驾驶着舰艇前往海藻林，因为谢灵通要带他们去见一个特别的人。呱唧和皮医生很想知道这个人究竟是谁，可是谢灵通就是不肯说。

"他和你已经认识很长一段时间了？"皮医生问道。谢灵通想了想说："事实上，我以前从没见过他。"

"他是不是一种黏黏的海藻怪物？"呱唧猜测道。

正在这时，皮医生一抬头，突然发现一大堆海藻涌了过来，他连忙将这一情况报告给巴克队长。

duì zhǎng lián máng jià shǐ zhe jiàn tǐng líng mǐn
队长连忙驾驶着舰艇灵敏

de bì kāi le hǎi zǎo　　tā men zhè cái zhù yì
地避开了海藻，他们这才注意

dào jīn tiān shuǐ li piāo mǎn le zhè zhǒng shēng wù
到今天水里漂满了这种生物，

ér qiě dōu shì cóng hǎi zǎo lín de fāng xiàng piāo guo
而且都是从海藻林的方向漂过

lai de　　tā men jué dìng guò qu kàn kan
来的，他们决定过去看看。

到达海藻林后，谢灵通告诉大家："海藻通过特殊的根与海底相连，如果这些根变松了，那么海藻就会漂走。一旦有大量的海藻漂走，那么海藻林也会随之消失。"

"这里的生物也就无处安身了。这是为什么呢？"突突兔问道。

"等等，看那儿，伙计们！"呱唧有了新发现。

谢灵通游过去，拿出放大镜看了看说："恐怕是因为这种红海

胆吧！红海胆能够破坏海藻的根，他们能毁掉整片海藻林。"

"除非，周围有海獭来吃掉他们！"一只海獭游了过来，她边

说边将一个海胆放进嘴里吃掉了。

zhēn zhū　　　　xiè líng tōng kàn dào hòu jīng xǐ de jiào dào　 yuán lái nà zhī hǎi tǎ
"珍珠！"谢灵通看到后惊喜地叫道，原来那只海獭

shì xiè líng tōng de jiě jie zhēn zhū　　ér qiě zhēn zhū yě shì yí wèi kē xué jiā　　tā zhī dào
是谢灵通的姐姐珍珠，而且珍珠也是一位科学家，她知道

jī hū suǒ yǒu yǒu guān hǎi zǎo lín hé zǎo lèi zhí wù de zhī shi　　zhēn zhū yě hěn kāi xīn
几乎所有有关海藻林和藻类植物的知识。珍珠也很开心，

tā hé dà jiā dǎ le gè zhāo hu
她和大家打了个招呼。

suǒ yǐ　　　nǐ xiǎng ràng wǒ men jiàn de jiù shì tā　　bā kè duì zhǎng wèn dào
"所以，你想让我们见的就是她？"巴克队长问道。

43

"呃……也不全是吧！"谢灵通说道，"但我确信珍珠可以告诉我们，海藻林出了什么状况。"

听了珍珠的讲解，他们才知道，海藻林是依靠海獭吃掉红海胆来维护生态平衡的。不过，谢灵通是个例外，因为他对海胆过敏。

"其实平时我一个人就能管理这些海胆，但最近我有点忙。"珍珠说着带大家来到了海面上，原来她要照顾自己的宝宝。

45

“各位请看，这是派里克！”珍珠向大家介绍道。原来，那个特别的人就是谢灵通的外甥！

派里克刚出生不久，珍珠得花很多精力来照顾他。

“我现在正要教我的小派里克潜泳呢！”珍珠刚说完，突然想起她的海胆任务还没有完成。

zhēn zhū   nǐ hé xiè líng tōng yì qǐ jiāo pài lǐ kè qián yǒng   wǒ men qí tā rén fù zé bǎ hóng hǎi

"珍珠，你和谢灵通一起教派里克潜泳，我们其他人负责把红海

dǎn cóng hǎi zǎo lín lǐ nòng zǒu   duì zhǎng shuō dào   zhēn zhū fēi cháng gǎn xiè hǎi dǐ xiǎo zòng duì

胆从海藻林里弄走。"队长说道。珍珠非常感谢海底小纵队。

suí hòu   hǎi dǐ xiǎo zòng duì kāi shǐ zhí xíng rèn wu

随后，海底小纵队开始执行任务。

47

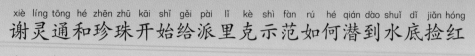

xiè líng tōng hé zhēn zhū kāi shǐ gěi pài lǐ kè shì fàn rú hé qián dào shuǐ dǐ jiǎn hóng
谢灵通和珍珠开始给派里克示范如何潜到水底捡红

hǎi dǎn chī zhēn zhū qián xia qu jiǎn qǐ yí gè hóng hǎi dǎn hòu fú chū shuǐ miàn tā
海胆吃。珍珠潜下去，捡起一个红海胆后浮出水面，她

yì biān jiāng hóng hǎi dǎn fàng jìn zuǐ li yì biān duì pài lǐ kè shuō bǎo bèi er wǒ
一边将红海胆放进嘴里，一边对派里克说："宝贝儿，我

men jiù shì zhè yàng chī hóng hǎi dǎn de nǐ shì shi
们就是这样吃红海胆的，你试试！"

派里克学着妈妈的样子潜入水里，当他浮出水面时，手里也多了一个红色的东西。

不过，那只是一块与红海胆颜色相近的石头而已。看来小派里克还得加把劲儿呢。

海底小纵队的成员们此时正在紧锣密鼓地收集红海胆。

bā kè duì zhǎng yòng yí gè zhuān mén de jiā zi　　jiāng hóng hǎi dǎn yí gè gè jiā qi lai　　fàng zài xiǎo
巴克队长用一个专门的夹子，将红海胆一个个夹起来，放在小

luó bo jǔ qǐ de xiǎo tǒng lǐ miàn　　guā jī hé pí yī shēng yě pèi hé de hěn mò qì　　guā jī fù zé sōu
萝卜举起的小桶里面。呱唧和皮医生也配合得很默契，呱唧负责搜

xún hǎi dǎn　　pí yī shēng fù zé yòng xiǎo tǒng jiāng tā men zhuāng qi lai
寻海胆，皮医生负责用小桶将他们装起来。

xiè líng tōng hé zhēn zhū jì xù
谢灵通和珍珠继续

jiāo pài lǐ kè shí bié hóng hǎi dǎn　　tā
教派里克识别红海胆。他

men jiāng hóng hǎi dǎn fàng zài shǒu shang　　ràng
们将红海胆放在手上，让

pài lǐ kè guān chá
派里克观察。

派里克仔细地看了看后又潜入水中，开始寻找。等派里克再次浮出水面的时候，头上顶着一个红色的贝壳，非常可爱，把谢灵通和珍珠都逗乐了。

51

大家将捡到的红海胆放在舰艇后舱。后舱装满后，巴克队长驾驶着舰艇将红海胆倒在了远离海藻林的其他地方。

"巴克队长呼叫谢灵通，潜泳课上得怎么样了？"倒完海胆后，队长问道。

"派里克找回了三块红石头、两个红贝壳和一只暴脾气的红螃蟹，但是还没找到红海胆，你们呢？"谢灵通回复道。

"花了一点儿时间，我们正在把红海胆从海藻林里弄出去呢！"队长说。

"哦，应该可以控制住他们了，至少天黑之前可以！"珍珠接话道。

"红海胆在夜间是最活跃的，太阳落山后，他们可能再回到海藻林里。"谢灵通补充道。因此，队长决定就在海藻林里过夜，大家晚上轮流盯着红海胆。

入夜后，其他小伙伴都睡着了，队长负责巡视。他拽了拽一根海藻，对着水面喊道："上面没有问题吧，谢灵通？"

"当然啦，队长。我们手牵着手，抓着海藻，所以不会漂走……"谢灵通抓着那根海藻的另一端，说完后打了个哈欠，进入了梦乡。

54

轮到皮医生巡视的时候，他发现不远

处有一个红色的东西，他连忙游了过去，

原来是一只红色的螃蟹。

"你就不能让我一个人安静地吃顿晚餐

吗？"螃蟹生气地喊道。

"不好意思，我还以为你是……"皮医

生一抬头，看到前方海藻的根上附着着好

几个红海胆，而且这正是谢灵通牵着的那

根海藻。海藻的根部立刻被咬断了，皮医

生连忙呼叫谢灵通，但没有回应。更糟的

是，大量的红海胆正向海藻林涌过来。

pí yī shēng gǎn jǐn hū jiào bā kè duì zhǎng   duì zhǎng shōu dào
皮医生赶紧呼叫巴克队长，队长收到
xiāo xi hòu lì kè qǐ dòng le zhāng yú jǐng bào   jiāng dà jiā zhào jí dào
消息后立刻启动了章鱼警报，将大家召集到
dēng long yú tǐng shang   duì zhǎng zhèng zhǔn bèi fā bù mìng lìng zǔ zhǐ hóng hǎi
灯笼鱼艇上。队长正准备发布命令阻止红海
dǎn   tū rán fā xiàn xiè líng tōng bú zài zhè lǐ
胆，突然发现谢灵通不在这里。

皮医生告诉队长："那些海胆破坏了谢灵通牵着的海藻的根。"通过定位系统，他们发现谢灵通他们正在往外海漂。

队长马上命令达西西和呱唧驾驶灯笼鱼艇去营救谢灵通和他的家人，自己则和小萝卜、突突兔帮助皮医生处理海胆。

海胆数量惊人，但是他们人手又太少。皮医生、突突兔和小萝卜马不停蹄地收集着，队长通过章鱼罗盘询问呱唧和达西西的进度。

"我们正在接近他们。"达西西告诉队长。

"快点儿，达西西，我们需要尽可能多的援助！"队长催促道。

正在这时，呱唧通过望远镜发现谢灵通和家人就在前方。他们加足马力，飞速前进。达西西突然想到如果舰艇开得太近，就会撞上去，聪明的呱唧立刻想到了办法。

呱唧来到舰艇外面，他先用尾巴钩住灯笼鱼艇，然后尽力向前伸手，试了几次之后，总算是抓住了谢灵通牵着的那根海藻。

经过一番努力，谢灵通和他的家人终于被救了上来，呱唧马上带着大家返回海藻林。

62

bā kè duì zhǎng hái zài zhuā hǎi dǎn
巴克队长还在抓海胆。"没用的，队长，

tā men yǐ jīng chōng jin qu le tū tū tù wú nài de shuō
他们已经冲进去了。"突突兔无奈地说。

gāi wǒ men zhè xiē guān jiàn wù zhǒng chū shǒu la xiè líng
"该我们这些关键物种出手啦！"谢灵

tōng jí shí gǎn lái tā jiàn yì dào hǎi dǎn hái huì bú duàn de
通及时赶来，他建议道，"海胆还会不断地

yǒng rù hǎi zǎo lín děi bǎ tā men zhuǎn yí dào shí wù fēng fù de dì
涌入海藻林，得把他们转移到食物丰富的地

fang qù
方去。"

这时，谢灵通看到前方的岩礁，非常欣喜，因为岩礁上有很多藻类，够海胆吃很久。

"但那些已经进入海藻林的海胆该怎么处理呢？"皮医生担心地问。

"珍珠，我想你已经饿了！"谢灵通转身对姐姐说。

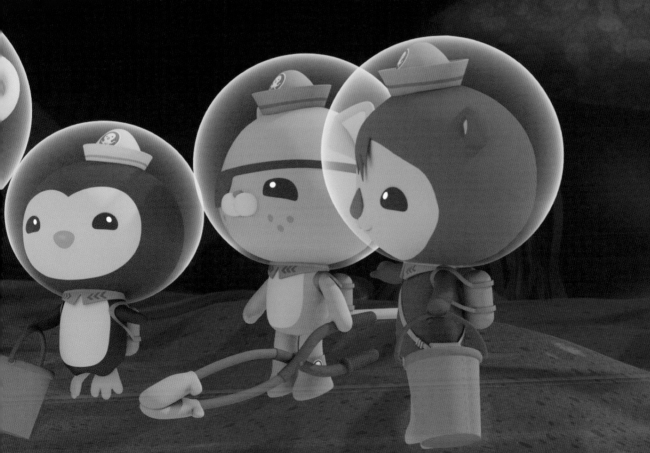

wǒ yǐ jīng zhǔn bèi hǎo zhí xíng hǎi dǎn rèn wu
"我已经准备好执行海胆任务

le zhēn zhū shuō wán jiù kāi shǐ bǔ shí hǎi dǎn
了！"珍珠说完就开始捕食海胆。

bā kè duì zhǎng tā men fù zé jiāng qí tā hǎi dǎn
巴克队长他们负责将其他海胆

zhuǎn yí dào yán jiāo nà lǐ qù jīng guò yì fān jǐn zhāng yǒu
转移到岩礁那里去。经过一番紧张有

xù de máng lù hǎi dǎn zǒng suàn bèi qīng lǐ gān jìng le
序的忙碌，海胆总算被清理干净了。

bú guò zhēn zhū hěn kuài jiù fā xiàn hái yǒu yí gè lòu wǎng de
不过，珍珠很快就发现还有一个漏网的。

65

她正准备上前吃掉这个海胆，一个身影突然游过来，将海胆抢走了。原来是派里克！他捡起海胆，学着珍珠的样子吃了下去。

"派里克，你学会了！"谢灵通感到很欣慰。

珍珠也感到很惊喜，她将派里克抱在怀里，开心地说："你的第一个红海胆！"躺在妈妈怀里的派里克打了个嗝，把大家都逗笑了。

kàn yàng zi   cóng jīn tiān kāi shǐ   kě yǐ yǒu gè rén gēn nǐ yì qǐ fēn dān rèn wu le
"看样子，从今天开始，可以有个人跟你一起分担任务了。"

bā kè duì zhǎng yóu zhōng de wèi tā men gǎn dào gāo xìng
巴克队长由衷地为他们感到高兴！

 **海底报告**

欢迎进入本期海底报告，这次我们要介绍的是**海獭**！

海獭妈妈不一般

教会孩子水中潜

关键物种帮大忙

海藻林里吃海胆

海獭睡姿很特别

紧抓住海藻，睡觉保安全

海底小纵队™

海底小纵队与拟态章鱼

ā tì　　ā tì　　　　　　zhāng yú bǎo li　　zhí wù yú men yí gè jiē yí gè de dǎ

"阿嚏，阿嚏……"章鱼堡里，植物鱼们一个接一个地打

zhe pēn tì　　bā kè duì zhǎng hé guā jī zhèng bù tíng de gěi tā men sòng zhe rè tāng

着喷嚏。巴克队长和呱唧正不停地给他们送着热汤。

hē le tā　xiǎo luó bo　hē diǎn rè hǎi zǎo tāng　tā néng ràng nǐ gǎn jué hǎo shòu yì xiē

"喝了它，小萝卜，喝点热海藻汤，它能让你感觉好受一些。"

duì zhǎngguān qiè de shuō

队长关切地说。

duō gěi diǎn　　　duō gěi diǎn　　　　zhí wù yú men biān hē biān shuō dào

"多给点……多给点……"植物鱼们边喝边说道。

kàn lái děi duō nòng diǎn hǎi zǎo tāng　　　guā jī shuō zhe　　gǎn jǐn yòu ná qǐ kōng bēi zi
"看来得多弄点海藻汤！"呱唧说着，赶紧又拿起空杯子

qù jiē rè hǎi zǎo tāng　　dàn shì hǎi zǎo tāng hěn kuài jiù bèi hē wán le　　guā jī xiàng duì zhǎng jiàn
去接热海藻汤。但是海藻汤很快就被喝完了，呱唧向队长建

yì　　xī wàng pí yī shēng néng gěi zhí wù yú men kāi diǎn zhì shuǐ dòu de yào
议，希望皮医生能给植物鱼们开点治水痘的药。

队长告诉呱唧，皮医生必须找到一种特殊的原材料才能做药。

紧接着，他开始呼叫皮医生："皮医生，找到红藻了吗？"

"还没有，队长，这片海域的红藻不太多。"皮医生和谢灵通正在海底搜寻着，他刚说完，谢灵通就发现了一大片红藻。

"队长，找到红藻了！"皮医生连忙报告队长，他们将这些红藻小心翼翼地装在一个瓶子里。

"好样的，皮医生，干得漂亮。现在赶紧回章鱼堡。"巴克队长命令道。

就在他们往回赶的时候，一条海鳗冲了过来，将装着红藻的瓶子撞飞了，瓶子掉进了海鳗的洞里。但是海鳗非常护家，即使皮医生向他说明了情况，他也不允许皮医生进洞寻找。

巴克队长得知情况后，就命令他们先回章鱼堡，大家一起商量解决的办法。

商量一番后，他们决定想办法将海鳗从洞里引出来，然后趁机去找红藻。但是海鳗是一种非常危险的生物，为了保证万无一失，他们想到可以用海蛇来对付海鳗。

dàn shì rú hé cái néng qǐng lái hǎi shé bāng máng ne
但是如何才能请来海蛇帮忙呢？

zhāng jiào shòu gěi tā men jiè shào le yí wèi péng you tā men
章教授给他们介绍了一位朋友，他们

lì kè chū fā qián wǎng zhāng jiào shòu suǒ shuō de
立刻出发，前往章教授所说的

dì fang què zài nà lǐ fā xiàn
地方，却在那里发现

le yí gè qí guài de shēng wù
了一个奇怪的生物。

guā jī ràng duì zhǎng hé pí yī
呱唧让队长和皮医

shēng qiān wàn bié dòng tā shuō zhè shì
生千万别动，他说："这是

zhī wēi xiǎn de yú zài wǒ men miàn qián de shì
只危险的鱼，在我们面前的是

zhī tiáo tǎ tiáo tǎ shì yǒu jù dú de
只条鳎，条鳎是有剧毒的。"

"原来章教授的朋友是一只条鳎？"

皮医生非常惊讶。

这时，眼前的生物忽然绕着他们游了一圈，又回到原地，笑着说："章教授的确是我的朋友。可是，我不是条鳎。"话音刚落，他就直起身子，一个变身，居然变成了一只章鱼。

nǐ shì yì zhī　　　zhāng yú　　　　　bā kè duì zhǎngshuō dào
"你是一只——章鱼?!"巴克队长说道。

wǒ bú shì pǔ tōng de zhāng yú　　shì nǐ tài zhāng yú　　nǐ tài zhāng
"我不是普通的章鱼,是拟态章鱼。拟态章

yú mò dì mò jué shì fēi cháng lè yì wèi nín xiào láo　　zhāng jiào shòu de péng you
鱼莫蒂默爵士非常乐意为您效劳,章教授的朋友

jiù shì wǒ de péng you　　　　tā shēn chū chù shǒu hé tā men wò le wò
就是我的朋友!"他伸出触手和他们握了握。

原来，拟态章鱼不能通过喷射墨汁来躲避捕食者，所以只能假扮成有毒的海洋生物，来进行自我保护。说着，拟态章鱼又变成了毒狮子鱼。

应巴克队长的要求，拟态章鱼变成了海蛇的样子，而且还是三条毒海蛇。

"太棒了，莫爵士，我们正需要你这样有天赋的演员，来完成一项特殊任务。你愿意帮这个忙吗？"巴克队长一边鼓掌一边问。

"带路吧！我的海员朋友！观众们还在等着呢！"拟态章鱼非常乐意。大家立刻出发了。

"嘚瑟！"一向好强的呱唧看到拟态章鱼得意的样子，心中有些不满，他嘀咕道。

"我听见了！"拟态章鱼接话道。

很快，大家来到了海鳗的洞口，发现了海鳗的身影。

81

巴克队长开始安排行动计划，首先由呱唧诱使鳗鱼出洞，并引他到岩礁里去。皮医生趁机游进洞里去找瓶子。为了阻止鳗鱼回洞太快，莫爵士需要在鳗鱼返回的路上分散他的注意力，巴克队长拿出章鱼罗盘，将具体位置指给拟态章鱼看。大家都准备好了。

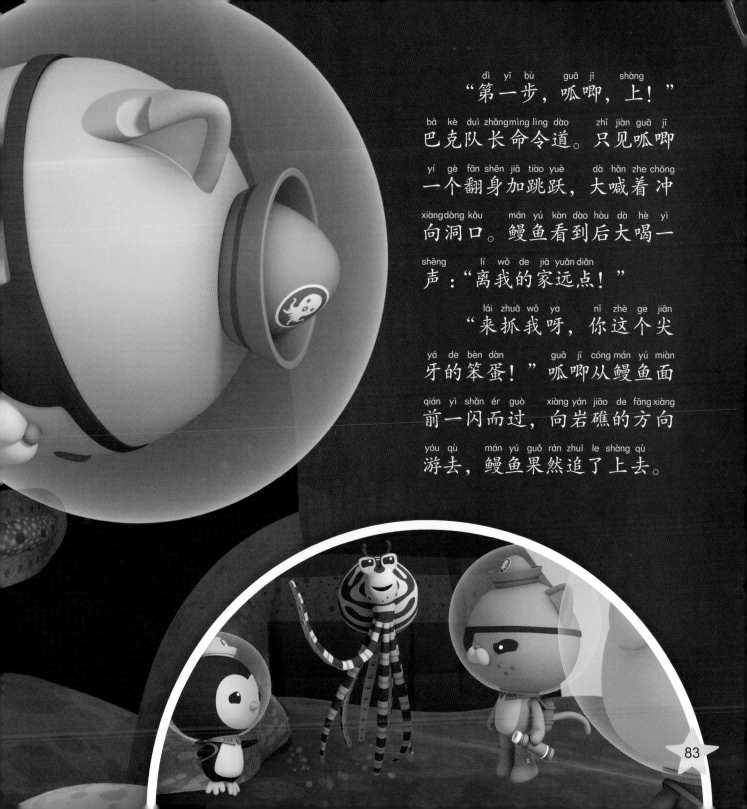

"第一步，呱唧，上！"
巴克队长命令道。只见呱唧
一个翻身加跳跃，大喊着冲
向洞口。鳗鱼看到后大喝一
声："离我的家远点！"

"来抓我呀，你这个尖
牙的笨蛋！"呱唧从鳗鱼面
前一闪而过，向岩礁的方向
游去，鳗鱼果然追了上去。

83

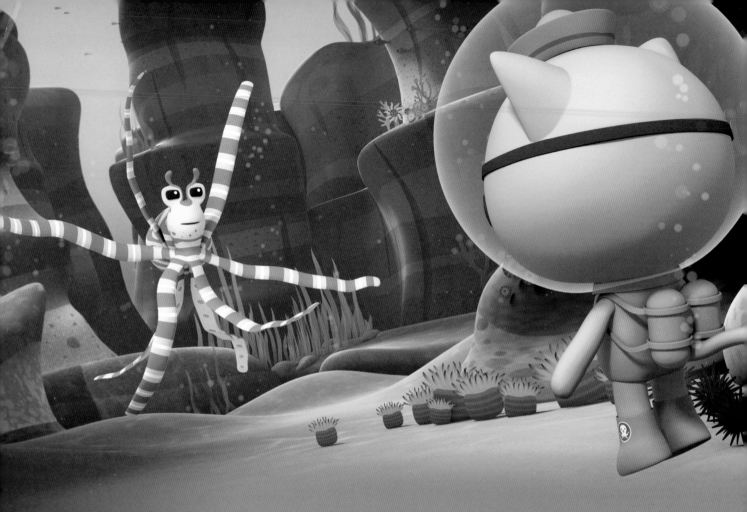

pí yī shēng　jìn xíng dì èr bù　　bā kè duì zhǎng jiē zhe mìng lìng dào
"皮医生，进行第二步！"巴克队长接着命令道。

pí yī shēng lì kè yóu jìn mán yú de dòng xué　kāi shǐ xún zhǎo zhuāng zhe hóng zǎo de píng zi　guā jī
皮医生立刻游进鳗鱼的洞穴，开始寻找装着红藻的瓶子。呱唧

cǐ shí zhèng shǐ chū hún shēn xiè shù jiāng mán yú shuǎ de tuán tuán zhuàn　tā biān wǎng qián yóu biān hǎn dào　　nǐ děi
此时正使出浑身解数将鳗鱼耍得团团转。他边往前游边喊道："你得

yóu de zài kuài diǎn er cái xíng　huǒ ji
游得再快点儿才行，伙计。"

à　shī zi yú　guā jī yí gè zhuǎn shēn　kàn dào yǎn qián de shēng wù　xià le yí tiào
"啊！狮子鱼！"呱唧一个转身，看到眼前的生物，吓了一跳！

hā hā　　chéng rèn ba　　wǒ de shī zi yú zào xíng piàn dào nǐ le ba　　yuán lái shì nǐ tài
"哈哈！承认吧！我的狮子鱼造型骗到你了吧！"原来是拟态

zhāng yú sì jī xià hu guā jī ne
章鱼伺机吓唬呱唧呢。

hǎo ba　　kě néng ba　　dàn jiù nà yí xià ér yǐ　　guā jī yī jiù bù fú ruǎn
"好吧，可能吧，但就那一下而已！"呱唧依旧不服软。

zhèng zài tā men shuō huà shí　　mán yú zhuī le shàng lái　　nǐ tài zhāng yú lián máng shǎn dào le yì biān
正在他们说话时，鳗鱼追了上来，拟态章鱼连忙闪到了一边。

鳗鱼紧追不舍，呱唧快要坚持不住了，队长及时赶来，指挥他游进了一个小洞，然后用石头将洞口堵住。鳗鱼见此情景，就扭头回家了。

但是皮医生此时还没有找到红藻，于是队长通知拟态章鱼，准备扮演海蛇。鳗鱼原路返回时，三条海蛇拦住了他的去路，并生气地叫道："走开，不然我们就扒了你的皮！"受到惊吓的鳗鱼不得不绕路回家。

tài bàng le mò jué shì zhēn
"太棒了，莫爵士！真
shì yì chǎng wǔ xīng jí de yǎn chū
是一场五星级的演出！"
bā kè duì zhǎng zàn tàn dào
巴克队长赞叹道。

此时，皮医生已经发现了装
着红藻的瓶子，但是瓶子被卡住了。

"不！那条鳗鱼抄近路回来
了！"巴克队长通过章鱼罗盘看到
了鳗鱼回家的路线，他赶紧通知皮
医生，"快点儿离开那里！"

pí yī shēng hái shi jiān chí jiāng píng zi bá le
皮医生还是坚持将瓶子拔了

chū lái tā lián máng niǔ tóu wǎng wài yóu dàn gāng
出来，他连忙扭头往外游，但刚

chū dòng kǒu jiù pèng shàng le gǎn huí lai de mán yú
出洞口就碰上了赶回来的鳗鱼。

mán yú jiàn zhuàng shēng qì de hǒu dào à yǒu
鳗鱼见状生气地吼道："啊！有

zéi nǐ zài wǒ jiā li gàn shén me
贼！你在我家里干什么？"

pí yī shēng zhuā zhù zài zhè ge
"皮医生，抓住！"在这个

wēi xiǎn de shí kè bā kè duì zhǎng jià shǐ zhe dēng
危险的时刻，巴克队长驾驶着灯

lóng yú tǐng lái jiē tā le
笼鱼艇来接他了！

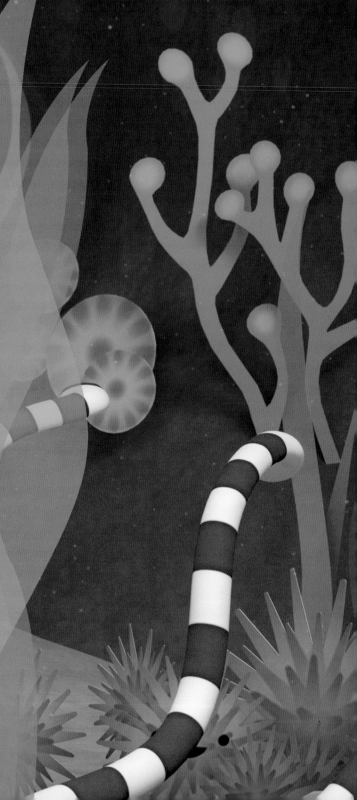

皮医生迅速攀上灯笼鱼艇的侧翼，队长驾驶着舰艇离开了洞穴。

"干得漂亮，皮医生！"队长说完后连忙呼叫呱唧，"呱唧，任务完成，我们现在就去接你！"

听到消息的呱唧兴奋地推开洞口的石头，游了出来，说道："好的，谢谢队长！"话音刚落，他一低头，就发现了三条海蛇，但他很快就明白过来是怎么回事，不以为意地说："是莫爵士啊，这次我可不会上你的当了！"

正在这时，呱唧身后传来一个熟悉的声音："我是你的话，就不会去碰他们，孩子！海蛇可是有毒的！"

呱唧回头看了看，原来是拟态章鱼。他答道："我知道有毒，但他们不是海蛇，他们是……"说到一半，呱唧才意识到发生了什么，大声叫道："海蛇！"他和拟态章鱼赶紧逃开了。

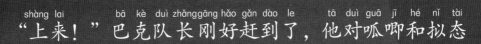

“上来！”巴克队长刚好赶到了，他对呱唧和拟态

章鱼喊道，“我们得赶快把这些红藻拿回去！”

méi guò duō jiǔ   dà jiā jiù gǎn huí le zhāng yú bǎo
没过多久，大家就赶回了章鱼堡。

hē le tā   nǐ men mǎ shàng jiù huì kāng fù de   pí yī shēng jiāng pèi hǎo de yào
"喝了它，你们马上就会康复的。"皮医生将配好的药

yī yī duān gěi zhí wù yú men
一一端给植物鱼们。

zhāng jiào shòu jiàn dào lǎo péng you yě fēi cháng gāo xìng   tā duì nǐ tài zhāng yú shuō
章教授见到老朋友也非常高兴，他对拟态章鱼说：

duì zhǎng gēn wǒ shuō   nǐ de yǎn chū xiāng dāng jīng cǎi
"队长跟我说，你的演出相当精彩。"

"精彩极了，没有你的帮助，我们就无法取得成功。"巴克队长非常感谢拟态章鱼。

"拟态章鱼总是乐意参加演出的，而现在，我又多了一个新的保留节目！"他高兴地答道。

ó shì ma zhāng jiào shòu
"哦？是吗？"章教授

hào qí de wèn dào hǎi dǐ xiǎo zòng duì
好奇地问道。海底小纵队

de chéng yuán men yě zài yì páng děng zhe
的成员们也在一旁等着，

kàn tā yǒu shén me xīn de ná shǒu hǎo xì
看他有什么新的拿手好戏。

nǐ tài zhāng yú qīng le qīng sǎng
拟态章鱼清了清嗓

zi tū rán dà jiào dào hǎi shé yōu
子，突然大叫道："海蛇！呦！

yōu zhǐ jiàn tā jiāng shēn tǐ biàn chéng le jú sè bìng
呦！"只见他将身体变成了橘色，并

jiāng yì zhī chù shǒu biàn chéng le hēi sè de yǎn zhào fù zài yòu
将一只触手变成了黑色的眼罩，覆在右

yǎn shang yuán lái tā zài mó fǎng guā jī kàn dào hǎi shé de
眼上。原来，他在模仿呱唧看到海蛇的

huá jī mú yàng ne
滑稽模样呢！

hē hē bú cuò ma guā jī gān gà de xiào
"呵呵，不错嘛！"呱唧尴尬地笑

zhe shuō dà huǒ er bèi dòu xiào le
着说。大伙儿被逗笑了。

zěn me yàng zhè ge jié mù bú cuò ba nǐ
"怎么样，这个节目不错吧！"拟

tài zhāng yú hěn kuài róng rù le zhè ge kuài lè de dà jiā tíng
态章鱼很快融入了这个快乐的大家庭！

欢迎进入本期海底报告，这次我们要介绍的是**拟态章鱼**！

拟态章鱼变形状

体形多变有花样

变来变去不平常

危险动物能模仿

遇险不躲也不藏

什么也不怕，自救靠伪装

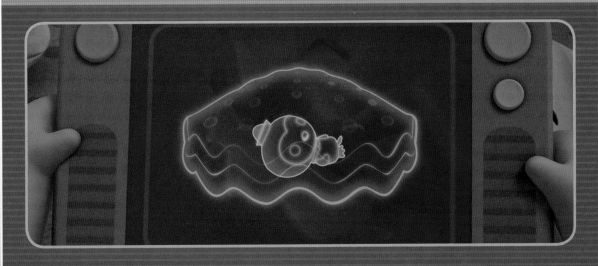

海底小纵队居住在神秘的章鱼堡基地，每当有意外发生，他们就要出发去探险、拯救、保护。行动中，队员们配备了各式各样的装备，这次要介绍的是——X光检测仪。

X光检测仪

X光检测仪是皮医生医药箱里的新装备，将检测仪对准生物进行扫描，就能从检测仪的屏幕上看到生物体内的异常，从而进行治疗。皮医生用它找到了寄居蟹外壳里的小石头，呱唧用它找到了装着皮医生的蛤蜊。

海底小纵队
雪人蟹

海底小纵队
大洋猪

海底小纵队
港海豹

海底小纵队
海胆入侵

海底小纵队
魔鬼鱼

海底小纵队
狮子鱼

海底小纵队
水熊虫

海底小纵队
鸭嘴兽

海底小纵队
叶海龙

海底小纵队
座头鲸

海底小纵队
雪人蟹

海豚传媒官网 http://www.dolphinmedia.cn　**海豚微博** http://weibo.com/dolphinmedia